歌集

君を恋して

Kazuyoshi

かずよし

文芸社

はじめに

「逢いの浜　君の捨てし　貝拾い　そっと頬寄せ　心震わす」

私が二十歳の学生だった春休み、伊豆諸島の八丈島のある海岸で、同じく旅をしていた女学生と出逢って、何気なく自然に詠んだ初めての歌でした。なぜかこの歌はいつも心の片隅に残っていました。それから三十年以上経て、そう、君と出逢って、また歌が自然に湧き出てくるとは思いもしませんでした。

徒然に想いを記していたものを、私の生きた証しとしてまとめようと思い立ちました。

独り善がりですが、短歌はやはり、恋の歌。そう、人を想って詠む時、短歌の持っている本質が一番輝くと私は今、強く思っています。君という相手から喚起される歌は、それがたとえ一人芝居的な歌であっても、私にとっては私の遅過ぎた青春符といえます。

この歌集は、折々に心に感じたことを書きとめておいたものを時間の流れに沿ってまとめたものです。

目次

1

新任地の町の風景

雪降る日　駅に降りると　人見えず
足跡つくって　ホテルに向かう

米子から　その夜友来て　交す酒
胸キューンで　手を取り合いて

友帰えり　一人残った　ホテルの部屋で
これからどうする　涙雪舞う

次の朝　窓に差込む　人の声
ホテルのご飯　気は上向いて

初めての　町の匂いを　車に入れて
心おさえて　初出勤

② 転勤って

転勤って　行く先々で　探すのよ
　どこが良いのか　買い物先も
見つけたね　ここにしようと　決めたけど
　又もためらい　他の店探す

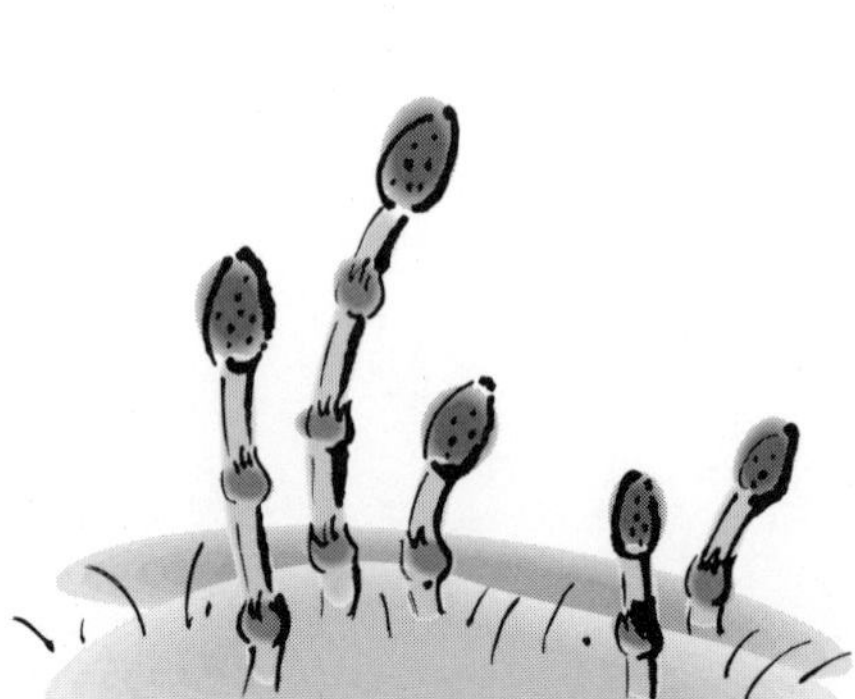

こんな事　幾度も経験　したけれど
それも楽しみ　転勤の旅

もう終り　こんな人生　こんな旅
でも恐いのだ　その先見えず

出雲って　優しさ匂う　チュラの町
いつまで住むの　ずっと居たいね

3

やっと見つけた
安らぎの散髪屋「ジュリアン」

気にいった　床屋見つけて　ホッとする
そんな楽しみ　転勤のたび

お互いに　お国訛りで　会話する
ハート温もり　しばし転寝《ウタタネ》

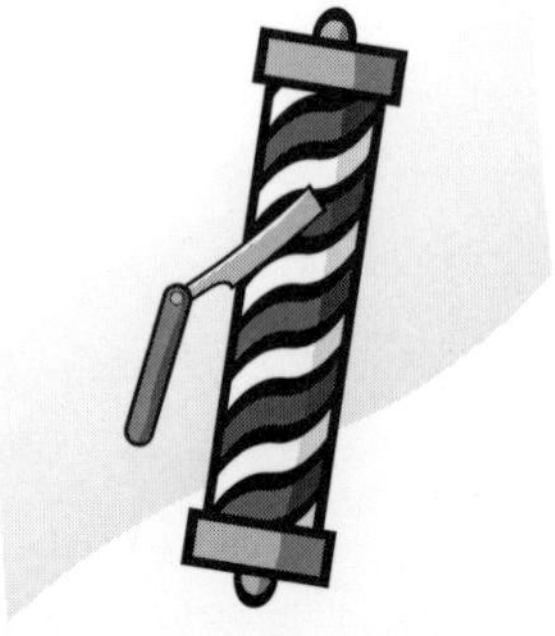

また来たよ　いらっしゃいと　交す言葉
　それもいつの日か　遠い思い出

春うらら　セブンティンの子　見習いで
　来た時店は　そりゃ華やいで

そんな子も　自信で迎える　時流れ
　それに比べて　変らぬ暮らし

④ 意識しなかった君との出逢い

百恵似の　女入ったと　皆騒ぐ
外は桜が　ヒラヒラ舞いて

三十四の　歳なりし君　その時は
子一人ありと　噂の風が

目を伏せて　朝の挨拶は　オハヨウと
　ただそれだけが　君との会話

君の名は　優子と言うと　人伝てに
　聞いてあーそうと　ただそれだけね

なぜだろう　その頃私の　心の動き
朝山に吹く　ただの春風

いつの間　君の居るのも　忘れてね
日々の仕事に　追いかけられて

その人は　振り向かないで　微笑みを
職場に放ち　時間は過ぎて

5 心の変化

オハヨウと　雪降る朝の　君の顔
ハッと息飲み　心騒ぐね

何気ない　君の仕草に　心揺れ
湧き立つ血潮　体巡るよ

ハイどうぞ　コーヒー入れし　その時の
美わし髪に　香りにむせて

サヨナラと　夕暮れ時の　別れ際
君の淡影　そっと抱き締め

ひょっとして　これは心の　不倫なの
でもね相手は　何も想わず

6 昼休み

変えたのよ　白いカローラ　皆に見せ
でもねローンで　下のクラスよ

私には　陽に輝く　その車
君にぴったり　素直に思う

東屋《アヅマヤ》で　語らう君の　昼さがり
遠慮がちでも　輝く唇

日輪《ニチリン》を　背に受け遊ぶ　君に今
恋する吾れに　神の許しは

まだ時間　あるのに君は　食堂へ
目立たぬように　湯呑み片付け

7 ある夏のビアガーデン

さあ　行こう　仕事終って　飛び込んだ
ビアガーデンに　夏の抱擁

斜め前　座りし君の　横顔に
映える夕陽を　嫉妬する我

北山の　古《イニシエ》の風　髪ほつれ
ビールの泡に　君は口づけ

ワイワイと　騒ぐ仲間に　合せつつ
チュラさん君は　我等のアイドル

教えてよ　これっきりなの　一夏の
ビアガーデンの　楽しいひと時

8　築地松

あれがそう　君が指差す　築地松
　出雲の風物　松の生垣

次々と　バスから見える　築地松
　素朴な優しさ　天に向《ムカ》いて

大変よ　屋根より高い　松の手入れ
つぶやく君に　そうねと応えて

ゆらゆらと　花見の帰り　皆眠り
流れる景色　君の横顔

誰知らず　夕陽に浮かぶ　築地松
浮世の悩み　そっと包んで

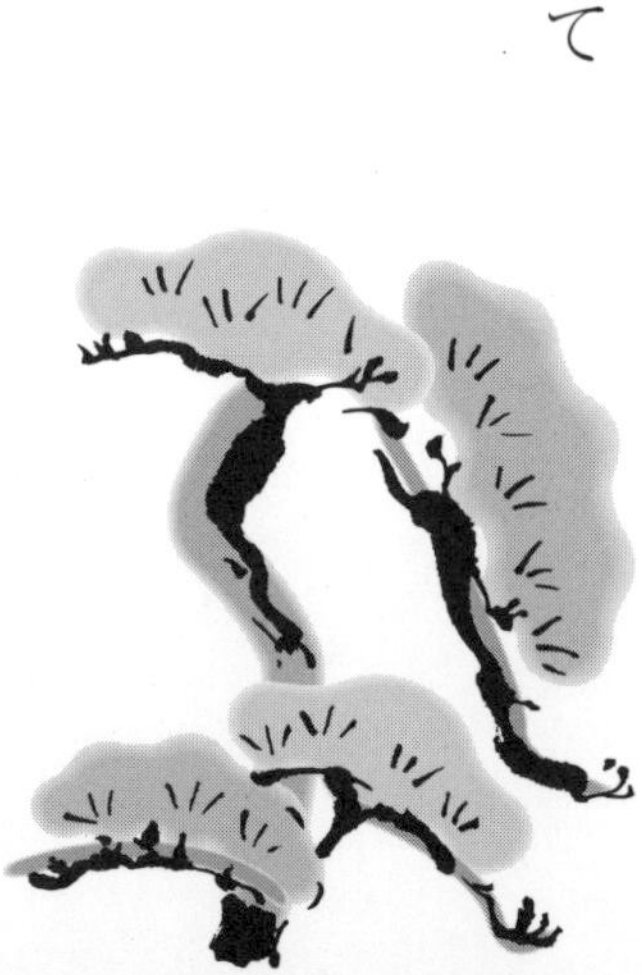

9 海辺の民宿

君の笑顔《エミ》　遠くに近くに　癒し声
寄せる想いは　波間を漂う

抑えても　なお抑えても　聞こえしは
波の音勝る　君の吐息よ

この頃か　白身の刺身　やっと慣れ
味わう今夜　ハートに落着き

夜更けて　ほど良い酔いと　潮香り
皆休んでと　君の気遣い

10 彼岸花

春彼岸　明日は父への　お参りと
自然な仕草　安らぎ覚え

そう言えば　我が身のことは　どうなるの
父母のお参り　今年も流れ

良かったね　素直に思う　君の行ない
秋には帰って　お参りしよう

畦道に　肩を寄せ合う　曼珠沙華
不思議な定め　心にしみて

11 コスモスの咲く頃

八階の　マンション窓辺に　そよぐ風
　遠くに揺れる　白いコスモス

髪切った　そうよと応える　君の秋
　うなじは白く　私は揺れて

秋だもん　コスモスの香り　頭から
いっぱい入れて　生きると君言う

秋陽差し　栗毛色した　君の髪
風が触れたよ　少し嫉妬し

やわらかな　コスモスの匂い　いただいて
今の私は　眠りにつくよ

12 職場の陽溜り

土曜日の　誰も帰った　昼下り
目にした君の　トイレの掃除
心して　している君の　後ろ姿に
想い込み上げ　その場を離れ

それからも　幾度はなしに　見るたびに
その生き方に　心奪われ

君いつも　和やか笑顔　それでいて
キラリと動き　弛まぬ努力

そんな君　次第次第に　我が心
夢追い旅に　誘われスタート

13 神楽の舞う街

花傘の　山車ゆられる　街並みに
散策のたびに　心ひかれて

しばしばね　お金おろしに　行った街
小さなバンク　密かにあったね

神楽舞う　絹ずれの音　いにしえを
目を閉じて　亢ぶり想う

その街に　生まれ育った　君と言う
愛しき人の　母を想って

キララの海　水面に浮かぶ　夕映えと
風の波紋が　恋を誘うね

勤め帰り　その街角に　ふと寄って
コーヒー缶買って　居ぬ君を追う

14　雪の舞う頃

さらさらと　雪は窓辺に　語りかけ
一人事務所に　夜は楽しく

月明かり　車の轍《ワダチ》　照らされて
その行く先は　君の住む家

ヘッドライトに　舞い散る雪の　美しさ
愛しき君は　それに勝るよ

ベランダに　がさっと落ちた　雪つらら
その目覚ましに　さっと飛び起き

雪の朝　光のキスに　迎えられ
仕事に向かう　いつもの私

15

出雲の大社《オオヤシロ》

境内に　古代のロマン　漂いて
いつとはなしに　悩みを忘れ

参道の　松の苔むし　神秘さを
時空を超えて　蜩の音《ネ》響く

君聞くや　社の森に　永遠の想いを
柏手《カシワデ》強く　木霊《コダマ》と流れ

いつの日か　時は流れて　手触る二人
ここは縁結び　願い許して

夕陽落ち　思いのたけを　踏みしめて
人影なしの　帰りの参道

16 山陰の海

キラキラと　春の夕映え　寄せる波
幾万年も　君を想うよ

ギラギラの　心を知るや　夏の陽は
君のうなじに　汗を流して

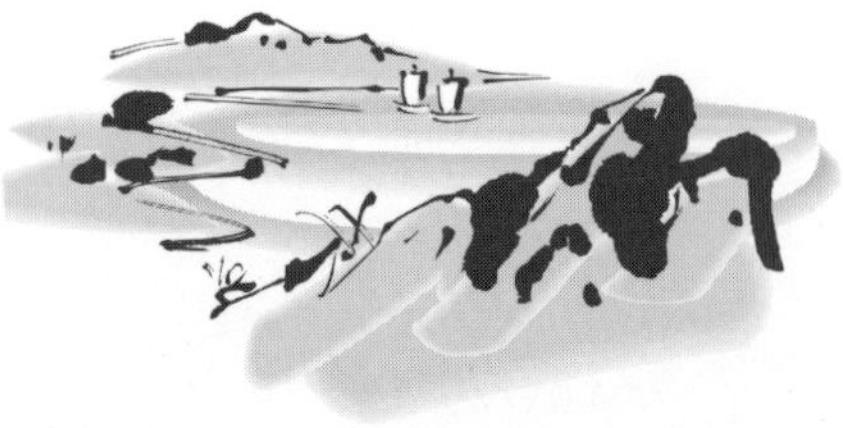

サラサラと　ハマナスの葉に　時雨音が
君の囁き　どこから聞こへ

寒々と　海面に浮かぶ　雪景色
煙草の煙に　雪は舞い降り

心揺れ　荒立つ波へ　問いかける
恋する事は　波の泡華

17 単身生活の風情

ゆらゆらと　陽が揺れる頃　起き始め
洗濯をする　ある日曜日

たまにゃあ　掃除と思い　箒手に
部屋を掃くけど　ため息吐くのみ

休みの日　触れ合い求め　床屋行き
転寝もらい　ゆるりと夢へ

スーパーに　心弾んで　行く休み
君との出逢い　もしもしかして

好き勝手　作る食事は　まあいける
塩分控えて　彩り豊富

君は今　家族の声に　包まれて
湯気立つご飯　吾にその日いつ

18 通勤の四季折々

窓を開け　ハンドル握り　ニュース聞く
頬に潮風　目に入る朝陽《アサヒ》

春の舞い　香る花弁　ヒラリと席に
桜の君と　しばしドライブ

夏は海　幼なき君が　戯れた
思いでの彼の地　ゆっくり歩いて

秋は山　落葉の道の　夕暮れ時
むせぶ香りが　君にダブルよ

冬は雪　ライトに照らされ　舞う雪は
抱くと溶けるね　君のぬくもり

19 街角での君は

街角で　出逢った君は　ほのかな香り
ヘアーサロンから　帰りと君言う
俯《うつむ》いて　眩しい君と　話す時
ドキンドキンと　脳が息づく

じゃ又ね　と言って君は　買物へ
私に吹く風　今日も切なく

そうだよね　君は母、妻　頑張って
でも大変よ　一人暮らしも

いつの間に　スーパーの袋　手にしてね
夕陽を浴びて　ペダル漕ぐ我

20 初冬の君のファッション

おだやかな　茶のフリース　身につけた
君は妻なの　忘れて見とれ

歳越えて　ユニクロパンツ　フィットして
後ろ姿の　君に息のむ

藍色の　セーター見つめ　嫉妬する
豊かな胸に　性《サガ》を覚えて

偶然に　同じ色合い　ブレザーを
身につけその日　忘年会

神さえも　与えてくれぬ　癒しさを
君のファッション　脳にオアシス

21 生きるということと恋すること

神に問う　なぜ今頃　私に恋を
そりゃ罪だよ　心湧かせて

なぜ私　君を恋する　その理由
勝手に躍る　私のＤＮＡ

生きて来て　ハッピー幸せ　刻む今
君への恋が　永遠の生命

わけもなく　明日への歩み　弾みがち
心おさえて　切なく生きて

我が命　泡と消えても　微笑むね
君との出逢い　人生飾った

22 君のような人が居て

潮の舞う　鄙びた町に　君は居る
妻母として　それでも恋して

いたろうか　過ぎ行く人の　我がファイル
都会のセンス　素朴な君は

君欲しい　心は揺らぎ　眠れぬ日
それでどうなる　想いはそこまで

私にも　神のプレゼント　あなたをね
とても幸せ　恋を感じて

あるんだね　恋する力　私にも
ハートだけでも　歳を忘れて

23 君にときめきを感じて

なぜなのよ　初のときめき　抑えても
夜更けとともに　西の空から

理由なく　流れる涙　一人寝に
想う切なさ　なぜ与えるの

何気ない　しぐさの中に　感じるよ
君に一途と　言ってもいいね

ときめきの　後に来るのは　涙なの
それなのに又　君のときめき

ときめきを　私にくれて　ありがとう
それ以上は　何もいらない

24 振り向いて

山陰の　彼の地の君は　言い知れぬ
　都会のセンスに　里の香りが

口開けて　香りに酔った　我がハート
　心の想い　どうしようもなく

帰宅して　君の香り　ぬぐえども
　ベランダの風　香りを焼き付け

振り向いて　私のハートへ　一度だけ
　そんな願いも　風は流すよ

想うだけ　そんな幸せ　くれた君
　静かな香り　ポケットに入れて

25 君を恋して

恋するって　関係するの　歳のこと
やっと出逢えた　五十三歳の今
ときめきは　星の輝き　似ているよ
密かに照らす　ハートへ灯《ヒカリ》

わけもなく　流れる涙　星となり
君住む町に　キララと流れて

一度でも　恋に恋して　息をして
貴女のそばに　いたいと思う

水面揺れ　雪溶け流れに　キラキラと
素直に映る　君への想い

26 私の中のあなた

清澄な　ハートのままの　君はまた
ときめき投げる　人妻なのだ

目を閉じて　夢を夢みる　未来事
そんなささやか　あってもいいか

いつの間に　心の奥に　潜む君
でもね体は　軽く飛び跳ね

控えめで　オーラ放つ　不思議君
そこに引かれて　生きる食欲

いつまでも　枯れぬ泉の　血が流れ
遠くで想う　恋する君を

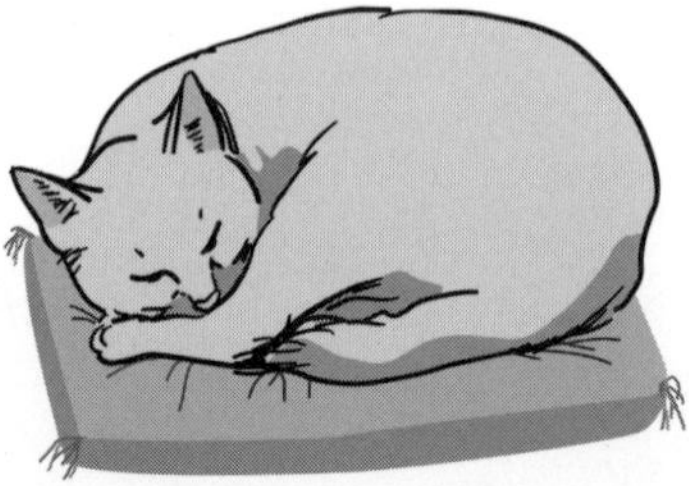

27 ある時の食事

ラーメンの　スープに映る　水色の
セーターの君を　ひそかに啜りて

居酒屋の　紫煙漂う　カウンター
皆の雑談　片隅の君

ときめくね　ワインで濡れた　君の唇
その横顔に　見とれる私

いつの日か　湯気立つご飯　前にして
君と語らう　そんな日あるか

もくもくと　今夜も一人　食べて寝る
そんな淋しさ　幾度と過ぎて

ふと寄った　雪降る昼の　レストラン
流れる月日　君は彼方へ

28 湯の郷での忘年会

山々の　人を酔わせる　湯煙りは
車の中まで　香り漂う

せせらぎの　流れに手を触れ
気持ちが良いと　振り返る君

湯上りの　浴衣の君の　後ろ姿
見とれる私を　君は知らずや

いやらしさ　隠して宴へ　千鳥足
軽蔑するかと　君に問いたい

ほんのりと　肌が染まりて　夢の色
潤む瞳に　目を向けられず

29 バレンタイン

本命よ　微笑み残し　去る君が
くれたチョコに　涙の雫

君からの　義理でも嬉し　チョコレート
飾っていたら　いつの間に溶け

口の中　溶けたチョコは　苦い味
ウソでもいいか　君の気配り
バレンタイン　夜は短く　切なくも
嬉し涙は　部屋に溢れて

30 土佐への親睦旅行

桂浜　君の素足に　遊ぶ波
　仲間に入れず　影を追う我

波の間に　君の捨てし　貝拾い
　そっと頬寄せ　ハート息づき

手を取って　知らぬ土地での　生活を
　夢みることも　神へザン悔し

何想う　祖谷の吊橋　渡る君
　横目で見つめ　心も揺れて

ゆるぎなく　龍馬の生き方　感動し
　ざわつく心　でも我は我

31

花見のその時

芳しき　花の香りの　君が居て
酒飲み忘れ　心ウルウル

白い歯が　こぼれるように　歌う君
この眩しさに　花も羞じらい

月灯かり　はにかむ君の　歌声に
心通いて　桜一ヒラ

酔いもせず　花一ヒラと　戯れて
心を酔わす　声に恋する

盛上がる　花見の宴　そよぐ風
君の座った　ござの温もり

32 君の仕草に

あなたって　いついつまでも　居るかしら
ふと問う君に　心揺ら揺ら

コスモスさん　お早うさんと　語りかけ
少女のような　君の横顔

空高い　ある秋の日の　昼休み
そよぐ尾花《ススキ》と　そよぐ黒髪

夏の終わる　黄昏時の　窓越しに
蜩鳴きて　聞き入る君ね

梅雨時　迷って部屋に　蛙さん
　そっと手にして　別れを憂しく

君の歳　信じられない　愛らしさ
　君への想い　抑えられない

33

八月の風

また来たね　八月の風　手のひらに
三十七の　君の笑顔

あくまでも　陽炎の中に　在る世界
愛しき君は　家族の元に

この何年　家族と離れて　どこに在る
　誕生日は　ただの月日

そうだよね　妻子とともに　祝うこと
　それが普通と　思うに思うよ

思うだけ　君と二人で　祝う時
　夢でもいいから　そっとキスして

34 家族って

家族って　遠くで一人　思うもの
眠れぬ夜が　今日も訪れ

何してる　妻は今頃　うたた寝か
疲れるだろう　家を守るの

そう言えば　会ってもいない　この頃ね
喧嘩もしなく　空しく過ぎて

娘達　素直に生きてと　願うのみ
妻に任せて　父は何んなの

あるのかな　これから共に　暮らすこと
家族の香り　どこかに求め

穏やかな　笑いが匂う　君の家
嫉妬感じて　街をさ迷う

35

帰省

仕事終え　急ぎ乗り込む　新幹線
心は既に　家族の元へ

只今と　玄関先に　カバン置き
逸る心を　仏壇に

翌日の　夜の団欒　やっと慣れ
　家族の愛を　胸に感じて

トラクターで　草の畑を　耕すも
　これも人生　いつまで続く

幾度なく　帰る寂しさ　耐え知るや
いって来ますと　家族へ微笑

罪深き　心許せよ　バスの中
窓に映りし　君への想い

36 キララの丘での送別会（六年目の転勤）

日本海　水面に浮かぶ　夕陽見て
重き涙の　惜別の夜

散々と　友集まりし　キララ浜
心の温もり　心の宝

子育てに　追われし君も　駆け付けて
エプロン姿で　御馳走つくり

手づくりの　訛り言葉の　感謝状
もらってこれに　又も涙し

君知るや　想いを断って　去る夜の
たぎる想いを　風に流すを

いつの日か　又会えるまで　サヨナラと
乾杯する手　震え止まらず

星を見上げて帰り道
想い込み上げ　ライト翳《カス》んで

37 テレサ・テンの歌のように

故郷は　どこですかと　聞きました
この街ですと　微笑む貴女

じゃ聞くわ　貴方の生まれは　どこですか
常陸の国と　君に応えて

それじゃ～　いつか貴方は　この街に
思いで残して　去る人なのね

いいのかな　君の想いで　もらってね
一人暮しに　重過ぎるかな

ただ一人　貴方は帰る　ならいいよ
思いで全て　あげると君言う

逢おうよね　互いに交す　永遠の夢
天に祈って　言うのがやっと

38

転勤先に向かう日に

余りにも　余りと言えば　この出逢い
この地去る日に　神のいたずら

発つ際に　思い出のスーパーに　立ち寄ると
そこに君を見て　目頭ウルル

お互いに　見つめたままで　立ち尽し
何も語れず　時間は止まり

仮初めの　恋の切なさ　断ち切って
二言三言　のどはカラカラ

いつの日か　元気で会おう　やっと言う
別れの切なさ　初めて感じた

汗した手　拭わず君と　握手して
振り返りもせず　車の元へ

39

去る日の車中

見慣れたる　山河を後に　主の気持ち
知らずや車　走り行く

窓開けて　君の名叫び　木霊《コダマ》する
バックミラーに　君の幻影

山間の　パーキングに止まり　煙草する
その時ラララと　君からメール

うたかたの　泡の香りの　恋なれば
メールの返事　さよならと打つ

40

メールで「さよなら」

押さえても　遠くに近くに　聞こえます
貴女の声が　潮騒のように

七重八重　花は華咲く　山咲よ
実らぬ恋に　悲しさ覚え

常しえに　君を想いて　生きようと
すればするほど　切なき我が身

君は君　私は私　行く道の
違いを知って　時に委ねて

さよならと　涙とともに　星空へ
永遠の別離　メールにのせて

41

君が親を思う心の風

春うらら　ある昼さがり　ふと里へ
　母と茶飲み　語らう君よ

母誘い　ドライブがてら　山の湯へ
　孫とたわむれ　生きてるうれしさ

久し振り　娘の君と　買物へ
鏡に映る　母の優しさ

何気ない　母との触れ合い　一番と
話す君には　笑顔のオーロラ

ふと憂え　父は鬼籍に　入りしと
語る君には　涙二つ三つ

42

甲子園

ナイターの　灯りに送られ　帰る道
君へのメールは　月の明りで

ベランダに　歓声響く　甲子園
テレビをつけて　同時観戦

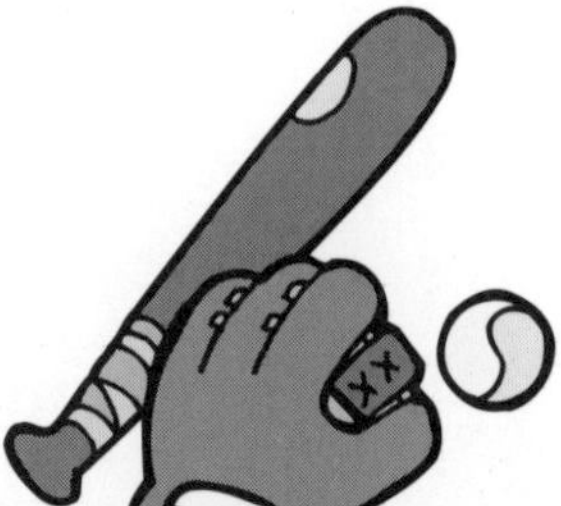

食事して　タバコを一服　ベランダで
そんな夜続く　穏やかな日々

二人して　阪神戦を　外野席
風船飛ばす　夢を夢みて

43 ある休日、ベランダの下の人通り

陽は高く　ガヤガヤ通る　家族連れ
今日は日曜　一人洗濯

手をつなぎ　恋人夫婦　幾組か
通るたび毎　タバコは増えて

目に浮かぶ　今頃君は　母として
娘の髪を　やさしく揃え

陽も落ちて　買物帰えりの　家族連れ
ぼんやり見とれ　ベランダ紫煙

ふっくらな　布団を部屋に　しまう午後
西空眺めて　逢いたさ湧いて

44

再びの単身暮らし

なぜだろう　部屋に漂う　寂しさは
時に流され　鏡に埃

休みの日　行きかう人を　見る辛さ
ベランダ煙る　吸い殻の山

出雲での　初めの頃は　違ったね
休みの度に　外の陽を浴び

淡々と　家族のためよ　そう思い
流れる日々に　楽しく乗って

甲子園　一人暮らしの　切なさは
君が心に　入って知る今

45

奥の院に紫陽花の咲く頃

山々を　幾つも越えて　奥の院
灯りに勝る　紫陽花の群れ

雨の後　水色冴えて　目に染む紫陽花
高野山寺に　安らぎ感じて

紫陽花に　君の面影　映るころ
何をしてると　メール打つ我

音の無き　世界の中に　佇みて
君へ恋を　仏に問うて

昔より　人を恋する　その業《ゴウ》は
アジサイ色に　今は染まりて

46

七夕

七夕は　子供のために　あるものと
心のどこかに　今まで思って
そうじゃない　私のために　あるものと
一人勝手に　今は想うね

逢えるのよ　年に一度は　織姫と
今の私は　ひこ星になれず

さらさらと　笹の葉なびく　ベランダで
君への想い　短冊に掛けて

七夕は　たった一日　過ぎて行く
来年こそは　逢えるの祈りて

47 娘を訪ねて

大学へ　娘は行って　会う機会
増々少なく　寂しさ募り

家族とは　共に暮らして　家族だよ
四ケ所暮らしの　今の現実

牛タンを　娘と食べた　仙台は
父のハートに　青葉がしみる

広島の　娘を訪ね　夜行バス
お好み村で　弾む会話を

双子ゆえ　一度に家を　離れ行く
一人残った　妻は気丈に

48

思い出してください

もし、もしも　貴女の中に　居るならば
きっと幸せ　感じています

それぞれの　生活あるが　君のこと
遠くで頑張れ　言う身切なく

これと言う　君に与えた　ものないが
笑いの私　思い出してよ

ありました　花見の席に　桜舞い
君の香りに　酔った私が

あじさいの　花が咲く頃　帰えります
貴女のハートへ　思い出すまで

49 募る愛

ときめきは　どこから来るの　教えてよ
切ない吐息　うるるんハート

私って　もう五十過ぎ　それなのに
高まる想い　それって何だ

一度だけ　私へ神の　贈り物
素直に生きて　君を恋して

許してね　一人夢みる　果てぬ恋
雲に託して　洗濯をする

なぜだろう　人を恋する　切なさを
今頃知って　生きてる喜び

50

心騒ぐ夜

西の空　きらめく星は　吾が涙
一つ二つと　星は流れる

寝付かれず　高鳴るハート　君に恋
ベランダに立ち　煙草は蛍

なぜなぜに　心騒ぐか　問う自分
恋する心　生きてる証しか

歌詠みて　明けゆく空に　君の顔
お早う言って　心落ちつく

51

恋しくて

西の空　まばたく星の　その元の
君住む海辺　波はまどろみ

時として　高鳴る波が　寄せるたび
我が想い音と　知らずに寝る君

オヤスミと　メールを打って　吸う煙草
ハートにしみる　紫煙の匂い

眠れずに　布団で想う　君に短歌《ウタ》
涙で恋し　涙で綴る

もんもんと　過ごした夜も　明ける今
オハヨーと言って　一人食事し

52

ときめきの再会

逢えるんだ　流れる景色　目もくれず
握るハンドル　想いを乗せて

変わらない　彼の地の町並　そうだよね
離れてたった　八ケ月だよ

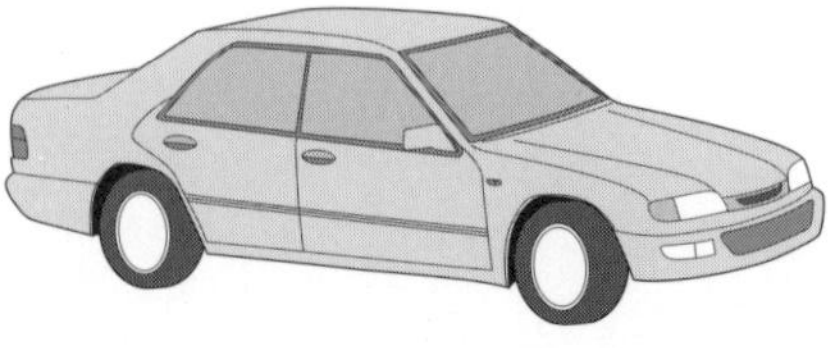

逢えたわね　いつもと変わらぬ　君の振舞
幾千年振りの　ハートの高鳴り

押さえても　抱きしめたいと　心は騒ぐ
でも現実は　微笑射ただけ

目で触れて　いつものように　共に皆
食事しながら　明るく笑い
それだけで　満ちたり帰途に　星明り
ホテルに戻り　一人夢々

53 無花果の香り

ハイどうぞ　食べてください　イチジクを
夕陽を背にし　君の振舞い

イチジクの　ルビーの色と　味わいを
舌に残して　君はすぐ去る

二つ三つ　食べながら　風の舞う
丘に登って　明日を夢見る

手に付いた　イチジクの香り　限りなく
砂で固めて　心に貯金

54 雪の大山

何もかも　知ってるような　たたずまい
　生きる証しを　雪が隠して

近くより　又遠くより　いつ見ても
　心和ます　君と大山

真白き雪と　君の柔肌　想うだけ
それでもダメと　神に伺う

いつの日か　山に登って　君好きと
天に向って　叫びたい今

又会おう　バックミラーの　大山よ
雪に抱かれる　夢を夢見て

55 さりげなく日々生きて

いつになく　胸騒ぎする　雨の朝
八月八日は　君の生まれ日

その君と　出逢いはなぜか　赤い糸
今までただ生き　何もなく生き

ただ生きた　この半世紀　我が血潮
君と出逢って　初めて湧き立つ

生命の　根源これと　思う今
恋することに　自然に入り

さりげなく　生きてる君の　輝きに
ためらいもなく　恋する夢見る

何もかも　捨てて明日みる　不徳心
現実の重みに　手に汗する

56

十六の歳の差

時を超え　寄せて合う波　それなのに
十六歳　その差大きく

時は過ぎ　揺れる歳の差　意識溶け
男女の不思議　初めて知った

赤い糸　信じる間に　頷いて
　無空の彼方　想い舞い飛ぶ

ユラユラリ　互いに溶ける　歳マグマ
　男女の数字　無限に解けず

先の先　溶け合う現実　来る日みて
　やはり歳の差　ハートに楔が

57

来ぬメールを待ち続けて

アイモード　想いをのせて　流れゆく
西の空にも　流れ星一つ

着信の　音に心を　弾ませて
開けたメールに　君の影なし

メールって　進んだように　みえるけど
手紙と同じ　待ちの文化ね

受けとめて　そっと海辺に流す君
それでいいのと　今夜もメール打つ

なんたって一人芝居に　生きる今
メールで愛を　君を恋して

58 眠れぬ夜

降る雪が　窓を奏でて　溶ける音に
君の吐息を　重ね聞く今

君知るや　無事と祈りて　身を清め
明けゆく空の　流れもどかし

君いづこ　身近な人に　何もなく
微笑み返しの　メール待つ

三つ四つと　緑成す山　越えゆけば
彼の地に居りし　君に逢えらむ

待つことに　耐えるハートが　宙に浮き
眠れぬ夜に　想う切なさ

59 妻、母、嫁としての君へ

夏の陽に　負けず輝く　君の目は
白球追う　息子に釘付け

はにかんで　中田みたいに　ならんでも
良いからハートで　勝ってと言う君

桟橋で　娘と向い　目で語り
痛みの判る　人になってと
実直に　生きる夫を　信じつつ
ついていってよ　それが幸せ

働いて　家で動いて　休みなく
愚痴一つなく　前向きの君

風に乗り　君の生き様　聞くたびに
頑張ってるねと　風に手を振る

60 子供を思うそれぞれの親として

幼子の　手を引き浜に　遊ぶ君
小さな足は　波と戯れ

お母さん　只今と言う　声背にし
カレーを作る　土曜日の昼

なったんだ　そうなったのね　キャプテンに
誇る息子を　そっと抱き締め

サッカーの　地区大会に　家族連れ
中学校に　応援の華

下の娘が　熱出し休む　君想い
グングン進化　母の重さを

それに比し　遠くに離れた　我が娘
妻に託して　想う切なさ

時として　メールで交す　父娘
時間を忘れ　画面に見入る

61

君にありがとう

赤い糸　あったんだねと　頷いて
生きてく糧を　心に包んで
見つけたよ　胸の高まり　生きる力《リキ》
君への恋は　遅い青春

気づいたよ　ほんとに恋って　あるんだね
初めて感じた　遅いときめき

ありがとう　出逢っただけで　心満ち
君への想い　心に封印

おわりに

拙い歌を詠んでいると、私も多くの人生経験をしているはずなのに、心の礎がまったく二十歳の頃からそう進化してないことに愕然とする反面、嬉しさを感じました。心の根底に流れる人の見方や考え方は、時を超えても不変であることも実感しました。そうでなかったら人の世界は幾万年も続いてはいないでしょう。

貴女と逢って、人を形成している心の核は何であるか強く認識も出来ました。私はあと何年自分の意識のある世界で生きられるか判りませんが、老いを待つ人生ではなく、まだまだ切り開いていかなければならない人生があることをも見つけたのです。

貴女と出逢ったことを神に感謝します。

そして出雲の街にも「ありがとう」。

二〇〇三年二月

著者

著者プロフィール

かずよし

本名：飛田《トビタ》和郎《カズロウ》
昭和22年８月17日、茨城県水戸市に生まれる。
茨城大学卒業後、農業団体勤務。
そこで転勤族のサラリーマンとして32年が経過。
ただ今、勤続中。

歌集 君を恋して

2003年2月15日　初版第１刷発行

著　者　かずよし
発行者　瓜谷 綱延
発行所　株式会社文芸社
〒160-0022　東京都新宿区新宿１－10－１
電話　03-5369-3060（編集）
03-5369-2299（販売）
振替　00190-8-728265

印刷所　株式会社エーヴィスシステムズ

ISBN4-8355-5225-3 C0092
日本音楽著作権協会（出）許諾第0215297-201号